Pateándolo

De Meg Greve

Ilustrado por Alida Ruggeri

Rourke
Educational Media
rourkeeducationalmedia.com

www.rourkeeducationalmedia.com

Edited by: Keli Sipperley
Cover layout by: Renee Brady
Interior layout by: Rhea Magaro
Cover and Interior Illustrations by: Alida Ruggeri

Library of Congress PCN Data

Pateándolo / Meg Greve
(Libros por Capítulos para Principiantes de Rourke)
ISBN (hard cover)(alk. paper - English) 978-1-63430-370-5
ISBN (soft cover - English) 978-1-63430-470-2
ISBN (e-Book - English) 978-1-63430-566-2
ISBN (soft cover - Spanish) 978-1-68342-251-8
ISBN (e-Book - Spanish) 978-1-68342-267-9
Library of Congress Control Number: 2016956606

Printed in the United States of America,
North Mankato, Minnesota

Estimados padres y maestros:

La ficción realista es ideal para que los lectores hagan la transición de libros ilustrados a libros por capítulos. Con los Libros por Capítulos para Principiantes de Rourke, los jóvenes lectores conocerán personajes que son como ellos. Se sentirán atraídos por el entorno familiar de la escuela y el hogar, y por los temas familiares de los deportes, la amistad, los sentimientos y la familia. Los pequeños lectores se identificarán con los personajes a medida que experimentan los altibajos de hacerse mayores. En este nivel, hacer conexiones con personajes es clave para el desarrollo de la comprensión lectora.

Los Libros por Capítulos para Principiantes de Rourke ofrecen relatos sencillos organizados en capítulos cortos, con algunas ilustraciones para apoyar a los lectores de transición. Las frases cortas y simples ayudan a los lectores a construir la resistencia necesaria para dominar libros por capítulos más largos.

Ya sea que los lectores jóvenes estén leyendo los libros de forma independiente o que usted los lea a su lado, involucrarse con ellos después de haber leído el libro sigue siendo importante. Hemos incluido varias actividades al final de cada libro para hacer que esto sea divertido y educativo.

Al exponer a los jóvenes lectores a libros por capítulos para principiantes, ¡usted los estará preparando para tener éxito en la lectura!

Esperamos que los disfruten,
Medios de Enseñanza Rourke

Índice

1
Goles y sueños

El sol caía con fuerza sobre su cabeza. El sudor le picaba los ojos. La multitud clamaba tan fuerte que no podía oír sus pensamientos. Lo único entre él y la verdadera gloria era un pulpo gigante que estaba delante de la meta. Los tentáculos del pulpo ondeaban por todas partes. ¿Adónde podría chutar? Finalmente, Luis se centró en el balón y lo pateó con todas sus fuerzas.

¡La multitud clamó!

¡Y luego todo lo que oyó fueron rechiflas! Y risas. Miró de reojo la meta. El pulpo le había quitado el balón con un golpe rápido. ¡NO! Los Tiburones Poderosos habían perdido el campeonato.

Luis se sentó en la cama. Tenía el pelo pegajoso y las sábanas estaban torcidas a su alrededor. ¡Gracias a Dios! Era sólo un mal sueño. Se levantó y agarró su camiseta de fútbol. Hoy era su primer día en el campamento de fútbol. No podía esperar a llegar y mostrar sus increíbles habilidades de futbolista.

2
No es tan fácil
como piensas

Luis siempre había querido jugar en un equipo de fútbol. Sus padres lo habían por fin inscrito este año. Siempre estaban demasiado ocupados en el trabajo como para recordarlo a tiempo. Pero su mamá lo anotó en el calendario y su papá también, sólo para estar seguros. Ahora él estaba en un equipo llamado Tiburones Poderosos. A Luis, el nombre del equipo le hacía pensar que serían ganadores. Estaba seguro de que lo apoyarían para lograrlo.

Luis sabía que iba a jugar muy bien. Veía el fútbol en la televisión y leía todo lo que podía sobre ese deporte. Practicaba pateando la pelota en el patio trasero y fantaseaba con ello en la escuela en vez de hacer sus tareas de matemáticas.

Durante el recreo, jugaba partidos informales con otros niños. Siempre se aseguraba de tener el balón y de anotar el mayor número de goles posibles, sin pasarle el balón a nadie. A veces los otros niños se enojaban con él por eso. Él no pensaba mucho en ello, porque su equipo ganaba siempre. "Simplemente están enojados porque no anotan tantos goles como yo", pensaba Luis.

A Luis le latió el corazón con fuerza cuando llegó con su mamá al campo de juego. Había niños y balones de fútbol por todas partes. Oyó silbidos, gritos y el sonido de *¡paf!* que hace un balón cuando es pateado.

Luis sintió una olcada de alegría. Por fin estaba donde quería estar.

Se acercaron al mostrador de inscripciones. Cuando Luis dijo su nombre y edad, el hombre detrás del mostrador le señaló a su equipo. Se despidió de su mamá y corrió al encuentro de sus nuevos compañeros.

Corrió hasta un grupo de chicos que llevaban la misma camiseta que él.

—Hola, soy Luis —le dijo a un niño de pelo corto y rizado.

—¿Qué pasa? Soy Matt y él es Roberto. ¿En qué posición juegas?

—Delantero —dijo Luis—. Soy el que anota más goles en mi escuela.

Matt y Roberto se miraron y pusieron los ojos en blanco. Comenzaron a pasar el balón hacia atrás y adelante, ignorando a Luis. Este se encogió de hombros y comenzó a hablar con un niño que sostenía un balón.

—Hola, soy Luis —dijo.

—Eh, soy Will —respondió. Empezó a patear el balón de un lado a otro con los pies. Luis se sorprendió. Will parecía no perder el control del balón. Lo pateó alto en el aire y luego lo dirigió hacia Luis. Este se sorprendió tanto que no tuvo tiempo de moverse. El balón chocó contra su nariz, y comenzó a chorrear sangre. Luis se sorprendió. No sabía qué hacer y se quedó allí mientras Will iba a buscar al entrenador.

El entrenador se acercó corriendo.

—¿Qué pasó? —preguntó.

—Pateé el balón hacia él, pero no lo detuvo —dijo Will con una sonrisa—. Lo siento, amigo, no sabía que no puedes ver. —Algunos de los chicos se rieron mientras el entrenador ponía una toalla en la nariz de Luis. Luis estaba abatido. Era su primera vez en la cancha con su nuevo equipo y había perdido la oportunidad de mostrarles lo bueno que era.

—Déjalo en paz —dijo otro chico al lado de Luis—. Todos cometemos un error con el balón de vez en cuando. Dale un respiro. —Se dio vuelta y miró a Luis—. Me llamo Ty. ¡Bienvenido a los Tiburones Poderosos!

Luis sonrió a través de la toalla y murmuró "Gusto en conocerte". Sonó como si estuviera bajo el agua. Realmente quería meterse debajo de una roca.

—Está bien, Tiburones, vayan a la cancha. Luis, espera hasta que puedas controlar ese sangrado —dijo el entrenador. El equipo corrió a la cancha y dio una vuelta.

Luis observó el entrenamiento por un tiempo. El equipo se veía realmente bien. Luis nunca había visto nada igual. Estaban haciendo jugadas que no había visto nunca antes. Sin embargo, le pareció que seguramente sería uno de los mejores cuando tuviera la oportunidad.

Por fin, su nariz dejó de sangrar y corrió a unirse al equipo. ¡Esta era su oportunidad! Y en ese instante sintió un tirón en su zapato, tropezó y cayó al suelo. Esta vez, incluso el entrenador se rio un poco. Luis se levantó, ató su zapato y se frotó el codo adolorido mientras corría para unirse al entrenamiento.

Durante el resto de los ejercicios, Luis intentó permanecer fuera del camino de todos. Cualquier oportunidad que tuvo con el balón, trató de dispararlo inmediatamente a la meta, incluso cuando sabía que no lo metería. El entrenador le gritó un par de veces, y sus compañeros de equipo hicieron algunos comentarios, pero él simplemente ignoró todo. Hizo lo que estaba seguro que debía hacer. Su nuevo amigo Ty lo miró con extrañeza un par de veces, pero Luis simplemente siguió en lo suyo.

Al final del entrenamiento, el entrenador dio un discurso acerca de cómo trabajar en conjunto y jugar en equipo. Nunca dijo nada acerca de asegurarse de que ganaran un juego. Felicitó a un par de chicos que hicieron un buen trabajo pasándose el balón, pero eso le pareció extraño a Luis. ¿Por qué pasar el balón cuando lo tienes? El objetivo es meter un GOL. Vio a su mamá esperándolo y empezó a correr al auto. De repente, sintió aquel tirón familiar en el zapato. Tuvo tiempo de gritar antes de caer al suelo otra vez.

Ty estaba justo detrás de él y dejó escapar una risita.

—Tienes que aprender a atarte los zapatos y pasar el balón, amigo. —Sacudió la cabeza

y se rio un poco más—. ¿Por lo menos sabes cómo atarte los zapatos?

Luis estaba confundido. Ty había sido muy amistoso en el entrenamiento. Era muy bueno para pasarle el balón. ¿Por qué estaba siendo tan grosero ahora?

Su mamá tocó la bocina. Luis se levantó sin atarse los zapatos, y comenzó a ir hacia el auto de nuevo. Tuvo cuidado de no pisar los cordones de sus zapatos, que seguían moviéndose alrededor de los tobillos. Se sintió un poco tonto, pero tenía prisa de alejarse de los chicos que estaban en la cancha.

Se dejó caer en el auto y cerró la puerta.

—¿Cómo estuvo el entrenamiento? —le preguntó su mamá.

—Muy mal —dijo Luis—. Me caí dos veces, me sangró la nariz y no metí un solo gol. No estoy seguro de que quiera volver mañana.

—A veces, probar algo nuevo y aprender
nuevas habilidades puede ser frustrante y
asustador. Sigue intentándolo. Te encanta
jugarlo en la escuela, y, una vez que te
acostumbres a jugar en un equipo de verdad,
te encantará. —Su mamá le dio una palmadita
en la cabeza y se apresuró hacia el tráfico.

3
Otra oportunidad

Luis corrió por la cancha, driblando el balón. Miró sin miedo al pulpo. Esta vez pasaría más allá de sus agitados tentáculos. Esta vez, sería un héroe y anotaría el gol del triunfo. Las personas en las gradas estaban muy emocionadas. Pero sólo podía oír su respiración y los golpecitos que hacían sus pies mientras pateaba el balón.

—¡Luis! ¡Luis! ¡Luis! —El público cantaba su nombre.

Luego, y en cámara lenta, pateó el balón con todas sus fuerzas, ¡y falló! Tropezó con el balón. El pulpo lo agarró con un tentáculo largo, y el árbitro tocó el silbato. Los gemidos y abucheos de la multitud llenaron el aire.

—¡LUIS!

Luis se incorporó. Su mamá estaba gritando su nombre. Era sólo otra pesadilla. ¡Qué alivio!

—¡Luis! ¡Date prisa! Te quedaste dormido, y ahora vas a llegar tarde al campamento de fútbol.

Se levantó, se puso la camiseta y bajó corriendo las escaleras.

De camino al entrenamiento, pensó en el día anterior y en todos los errores vergonzosos que cometió. Estaba decidido a no hacer lo mismo otra vez. Les mostraría a todos lo bueno que era, y haría que se sintieran orgullosos de que él fuera parte del equipo.

Cuando su mamá se detuvo, todo el mundo estaba en la cancha haciendo los primeros ejercicios. Luis bajó la vista para asegurarse de que sus cordones estuvieran atados. Lo estaban. ¡No tropezaría con ellos! Trotó hacia el equipo y saludó a todos.

—Hola, entrenador, me quedé dormido esta mañana. Prometo que no volverá a suceder —dijo Luis.

—¡Claro que no! —dijo el entrenador—. Da una vuelta corriendo para que te acuerdes de estar aquí a tiempo. —El entrenador sonó su silbato y se preparó para el siguiente ejercicio. Ty se encogió de hombros ante Luis y corrió a ponerse en fila. Luis estaba frustrado, pero comenzó a correr. Fue entonces cuando notó que le faltaba una espinillera.

"Oh, no —pensó Luis—. Si el entrenador se da cuenta, no me dejará jugar. Tal vez no lo note".

Cuando Luis terminó la vuelta, corrió hacia el equipo para unirse al entrenamiento. El ejercicio consistía en hacer rodar el balón entre dos jugadores. Ambos trataban de agarrar el balón y eludir al jugador contrario. Luis sabía que sería excelentc en esto. Estaba emparejado con Will. Esto lo hizo sentir un poco nervioso, pero estaba decidido a demostrar su valía. El balón rodó entre él y Will. Este pateó el balón mientras Luis se acercaba. Will erró y pateó a Luis en la espinilla. ¡En la espinilla sin la espinillera!

Luis cayó al suelo, y se agarró la espinilla. El dolor era horrible. El entrenador tocó el silbato y se arrodilló junto a Luis.

—¿Dónde está tu espinillera, Luis? —le preguntó.

—Creo que la olvidé —murmuró Luis. Estaba muy avergonzado. ¡Olvidar los implementos es un error de principiante!

—Bueno, deberías habérmelo dicho. Siempre tengo de sobra. Ahora tendrás que sentarte y ponerte hielo en la espinilla hasta que estés mejor. —Luis deseó habérselo dicho al entrenador. Ahora estaba lastimado y fuera del entrenamiento. El campamento estaba empeorando cada vez más.

Observó mientras el equipo jugaba un partido de entrenamiento. Los chicos se pasaban el balón entre sí mientras corrían de un lado al otro del campo. Luis estaba

confundido. Pocos trataban de anotar gol. Parecían estar buscando deshacerse siempre del balón, en lugar de patearlo. Cuando lo pateaban, el balón casi siempre entraba en la red y era gol. "Soy tan bueno como ellos. Sin embargo, yo habría disparado más al arco", pensó Luis. Se sentía mejor de la espinilla, por lo que pidió al entrenador que le prestara una espinillera y se unió al entrenamiento.

El entrenador lo metió al juego. Los chicos dijeron su nombre cuando recibió el balón. "Guau —pensó—, todos están diciendo mi nombre. Deben creer que soy muy bueno". Entonces vio la oportunidad de marcar un gol. Sin embargo, un jugador del otro equipo se interpuso en su camino. Podía oír a Ty llamar su nombre y decirle que estaba sin marca. Él lo ignoró y trató de driblar al otro jugador. El chico le arrebató el balón y se lo llevó al otro lado de la cancha.

¡Luis! ¡Estaba sin marca! ¿Por qué no me lo pasaste? —gritó Ty. Parecía muy enojado.

—Quería hacer el tiro —dijo Luis—. Deberías haber bloqueado a ese tipo para ayudarme.

—No, deberías habérmelo pasado a mí. Esa es la forma en que jugamos en este equipo —dijo Ty.

Luis se preguntó si volvería a sentirse como si fuera parte del equipo. Él siempre estaba cometiendo errores y haciendo que otras personas se enojaran con él. El entrenador tocó el silbato. Por fin, el entrenamiento había terminado. Luis corrió hacia el auto de su mamá sin despedirse de nadie.

—¿Cómo estuvo el campamento hoy? —preguntó su mamá.

—Horrible —dijo Luis—. Olvidé una espinillera y me golpearon la espinilla. Tuve que sentarme y aplicarme hielo por un tiempo mientras los otros chicos jugaban un partido. Luego, cuando entré a jugar, hice que todo el mundo se enojara conmigo. No sé qué hacer.

Su mamá le palmeó el brazo.

—No te rindas, Luis. Recuerda cómo jugar en equipo. No eres el único. Hay otros jugadores, y sólo puedes hacerlo bien con la ayuda de todos —dijo ella.

Luis miró por la ventana mientras se alejaban. Pensó en lo que había dicho su mamá. "Tal vez tenga razón", reflexionó.

4
Alcanzando la gloria

Tenía el sol en los ojos. El sudor goteaba por la espalda. Corría hacia sus compañeros de equipo tan rápido como podía. El pulpo había regresado, agitando sus tentáculos. La multitud aclamaba y gritaba. Cuando le pasaron el balón, tiró la pierna hacia atrás para patear hacia la meta tan fuerte como pudiera. Por el rabillo del ojo vio a otro jugador del equipo. Estaba completamente sin marca y con el arco despejado. Luis se detuvo por un segundo, y luego le pasó el balón al otro chico. Este lo pateó y anotó el gol del triunfo.

¡BIP, BIP, BIP!

Luis había puesto la alarma antes de acostarse la noche anterior para no quedarse dormido. Hundió el botón de repetición, pero de todos modos se levantó. Estaba pensando en el sueño que había tenido. ¿Por qué no disparé esta vez? Parecía un gran desperdicio no tratar de anotar. Entonces nadie se dará cuenta de lo bueno que eres. El otro chico alcanzará la gloria.

Cuando Luis llegó al campo esa mañana, notó que los chicos no estaban contentos con él. Intentó sonreír y saludar a Ty, pero este le dio la espalda y dribló su balón. El entrenador llamó a todos al banco.

—Bueno, chicos, hoy es el día. Vamos a jugar contra el otro equipo del campamento, los Pulpos Púrpura. Son realmente duros. Vamos a practicar un rato antes del juego. —Mientras el entrenador decía quiénes serían los titulares, Luis esperaba oír su nombre—.Will, Ty, Andy, Jorge, Cole y Charlie, ustedes serán los titulares.

Luis dejó caer los hombros. ¿Por qué no era titular? Ahora tendría que sentarse en la banca y esperar. Estaba realmente confundido. Pensaba que había hecho muy bien las cosas los dos últimos días. Había cometido un par de errores, pero nada importante. Luis decidió preguntar al entrenador.

—Entrenador, ¿cuándo voy a jugar en el partido? —preguntó.

—Todos tienen una oportunidad, pero tenía que elegir a los jugadores que demuestran que saben cómo jugar en equipo. Necesitas trabajar en ello —dijo.

Luis se comprometió a practicar con el equipo. Se sintió un poco avergonzado de sí mismo. Empezó a darse cuenta de lo egoísta que había sido. No era de extrañar que los chicos estuvieran siendo tan antipáticos.

Luis se acercó a Ty y le dijo:

—Felicitaciones por ser titular, Ty.
Realmente lo mereces.

—Gracias, Luis. Espero que les ganemos
a estos tipos —dijo Ty. Chocó los puños con
Luis mientras salía corriendo al campo.

5
El verdadero pulpo púrpura

Los Tiburones Poderosos y los Pulpos Púrpura estaba muy parejos. El marcador estaba empatado. Luis jugó como suplente un par de veces, pero realmente nunca llegó a tocar el balón. Finalmente, se acercaron a los últimos minutos del partido.

—¡Luis!, entra —gritó el entrenador.

Luis se sentó en el banquillo. No podía creer que esta fuera su oportunidad. Corrió al campo, batiendo palmas con Andy. El juego comenzó y Luis se centró en el balón.

Recibió el balón y empezó a correr por el campo hacia la meta. La multitud estaba animándolos. El sudor corría por su cara. Sabía que este era su momento. Vio que uno de los Pulpos Púrpura venía hacia él. Tenía el arco enfrente, pero no estaba seguro de lograr un tiro certero. Por el rabillo del ojo, vio a Ty. Ty estaba sin marca y cerca del arco. ¿Debería disparar al arco o hacer un pase?

Luis recordó las palabras del entrenador. Pensó en lo que había dicho su mamá acerca de trabajar con todos. En el último instante, le gritó a Ty y le pasó el balón.

Ty lo pateó y anotó un gol. ¡Los Tiburones Poderosos ganaron!

6
Un jugador de equipo

¡BIP, BIP, BIP! La alarma sonó. Luis se sentó. "Raro, no soñé anoche con el fútbol", pensó. Saltó de la cama, se puso el jersey, agarró sus zapatos y espinilleras y corrió escaleras abajo para desayunar.

—Gran partido el de ayer, Luis —dijo Ty cuando llegó a la cancha.

—Gracias, ¡hiciste un gran tiro! —dijo Luis. Le sonrió a Ty. Finalmente se sintió como si fuera parte de los Tiburones Poderosos. No se dio cuenta de lo solo que se puede sentir alguien cuando no juega en equipo.

El entrenador tocó el silbato y llamó al equipo.

—Bueno, chicos, hoy jugaremos contra los Barracudas. Estos serán los titulares: Ty, Andy Cole, Jorge, Charlie y Luis.

—Oye, Luis —gritó Ty—, ¡tienes sueltos los cordones de tus zapatos!

Luis sonrió. Sabía que le encantaría ser parte de este equipo.

Reflexión

Querido lector:

Estoy muy contento de haber tenido la oportunidad de jugar con los Tiburones Poderosos. Aprender a jugar en un equipo puede ser difícil. Ty me ayudó a aprovechar la oportunidad y a contar con los demás. Sé que ganar no lo es todo, pero es muy divertido compartir la victoria con otros.

Tu amigo,
Luis

Preguntas para discutir

1. ¿Qué lecciones aprendió Luis de sus compañeros de equipo?

2. ¿Por qué crees que Luis no soñó con el pulpo el cuarto día?

3. ¿Qué crees que podría haber ocurrido si Luis no le hubiera pasado el balón a Ty durante el juego?

4. ¿Qué consejo crees que daría Luis a los nuevos jugadores del equipo?

5. Describe a Ty utilizando al menos tres rasgos de su carácter. Cita ejemplos de la historia para respaldar tus descripciones.

Vocabulario

Mira de nuevo el cuento y encuentra estas palabras. ¿Cómo las utiliza la autora? ¿Puedes definir cada palabra?

decidido
equipo
centró
gloria
abatido
nervioso
inscripciones
espinilla
risita

Tema para escribir

Imagina que eres reportero de un periódico y que estás escribiendo un artículo sobre los Tiburones Poderosos. Describe el partido que jugaron contra los Pulpos Púrpura. Asegúrate de incluir detalles sobre las jugadas importantes y los jugadores.

P & R con la autora Meg Greve

¿Has jugado fútbol alguna vez?

Jugué fútbol durante toda mi infancia y en la escuela secundaria. Nunca fui la estrella del equipo. Olvidaba con frecuencia mis implementos, y nunca anoté un gol. Sin embargo, me encantaba. ¡Sobre todo porque jugaba con todas mis amigas!

¿Tus hijos juegan fútbol?

Mi hijo, Will, juega fútbol. Le encanta jugar, e incluso ayudé a entrenar a su equipo el año pasado. Mi hija Madison juega baloncesto. A los dos realmente les gusta jugar en un equipo.

¿Cuál es tu deporte favorito?

Mi deporte favorito en realidad es el tenis. Realmente no es un deporte de equipo, a menos de que juegues dobles.

¡Organiza una fiesta de fútbol!

Reúne un grupo de amigos para jugar fútbol.
Divide a tus amigos en dos equipos. Crea
nombres para los equipos, haz camisetas y
escribe un cántico para cada equipo.

Después del juego, organiza un picnic en el
campo con todos tus amigos y sus familias.
Para hacer el día realmente divertido, juega
algunas versiones chuscas de fútbol.

Sitios web (en inglés)

www.kids-play-soccer.com/basic-soccer-rules

www.all-youth-soccer-training.com/soccer-facts

www.active.com/baseball/articles/5-tips-to-be-a-good-team-player

Sobre la autora

Meg Greve escribe en su mayoría libros de no ficción para niños. Para escribir ficción, tuvo que recordar cuando era niña y luego cambiar la historia para que fuera más interesante. Jugó fútbol, pero nunca anotó un gol, se cortó el pelo en una fiesta de pijamas y solía pelear con su mejor amiga (¡pero siempre se reconciliaban!). Casi todo el cuento proviene de su imaginación, pero unas partes tienen un poco de verdad. ¿Puedes adivinar cuáles?

Sobre la ilustradora

Mi nombre es Alida Ruggeri. Nací en 1983 en Milán (Italia), pero actualmente vivo en Londres. Después de un curso trienal en la Escuela de Cómics en Milán, desde 2008 he estado trabajando como ilustradora independiente y diseñadora de personajes para agencias de publicidad, desarrolladores de juegos y editoriales.

En 2012 gané el 1er lugar en los "Premios Pitch Me!" —promovidos por la RAI (la radiotelevisión italiana)—, con la propuesta de la serie de dibujos animados "Fang You!".

¡Me encanta dibujar personajes divertidos y cosas tontas para que todo el mundo tenga una sonrisa en la cara!